La bruja colorea

MONTAÑA ENCANTADA

Ester Madroñero

La bruja colorea

EVEREST

Soy la Bruja Colorea.

De noche, junto al fogón,
si la luz está apagada
reina el **negro** en mi salón.

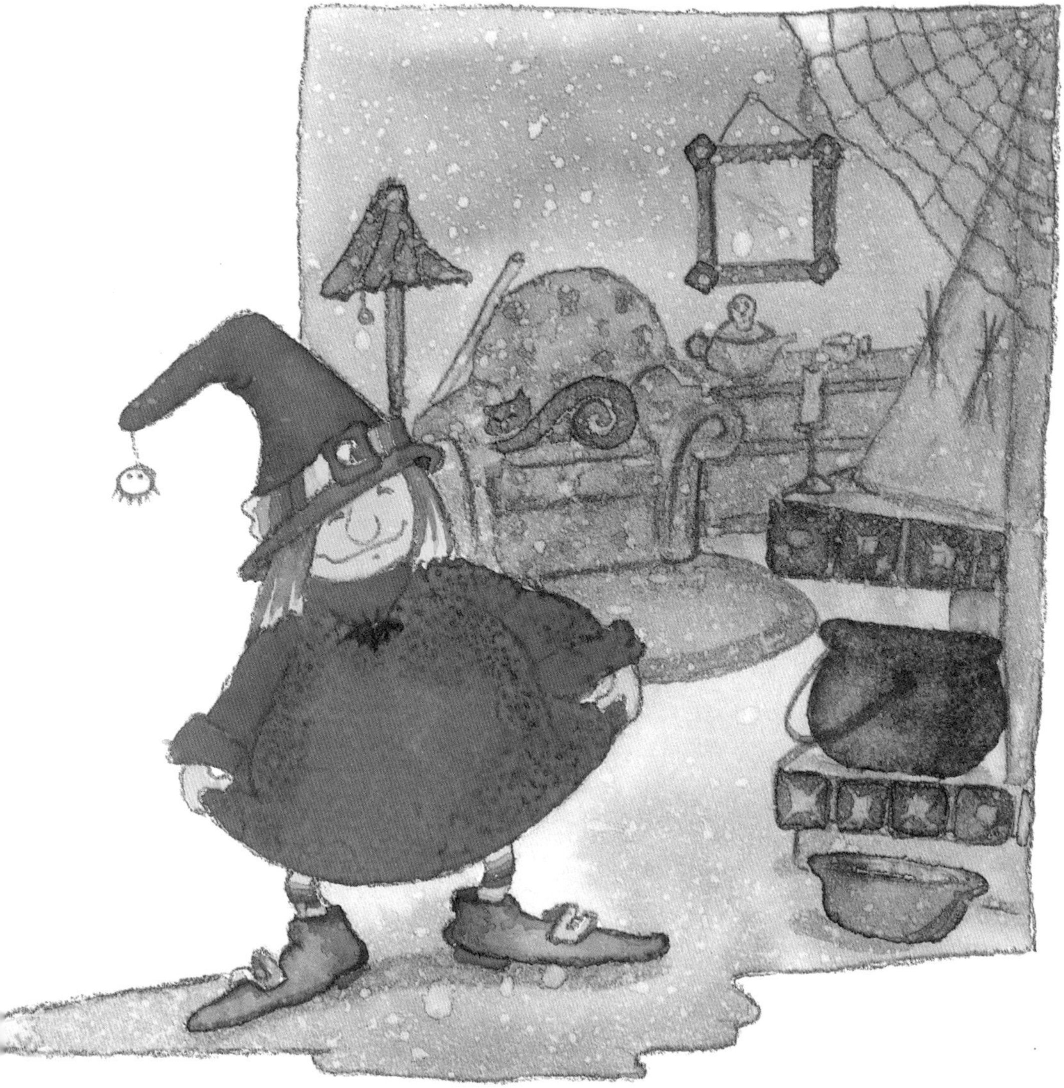

Enciendo la lamparita.
Grito yo: "¡Viva el **color**!"
Pero mi gato no cambia,
es negro como el carbón.

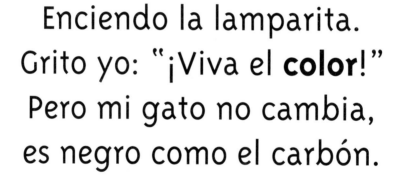

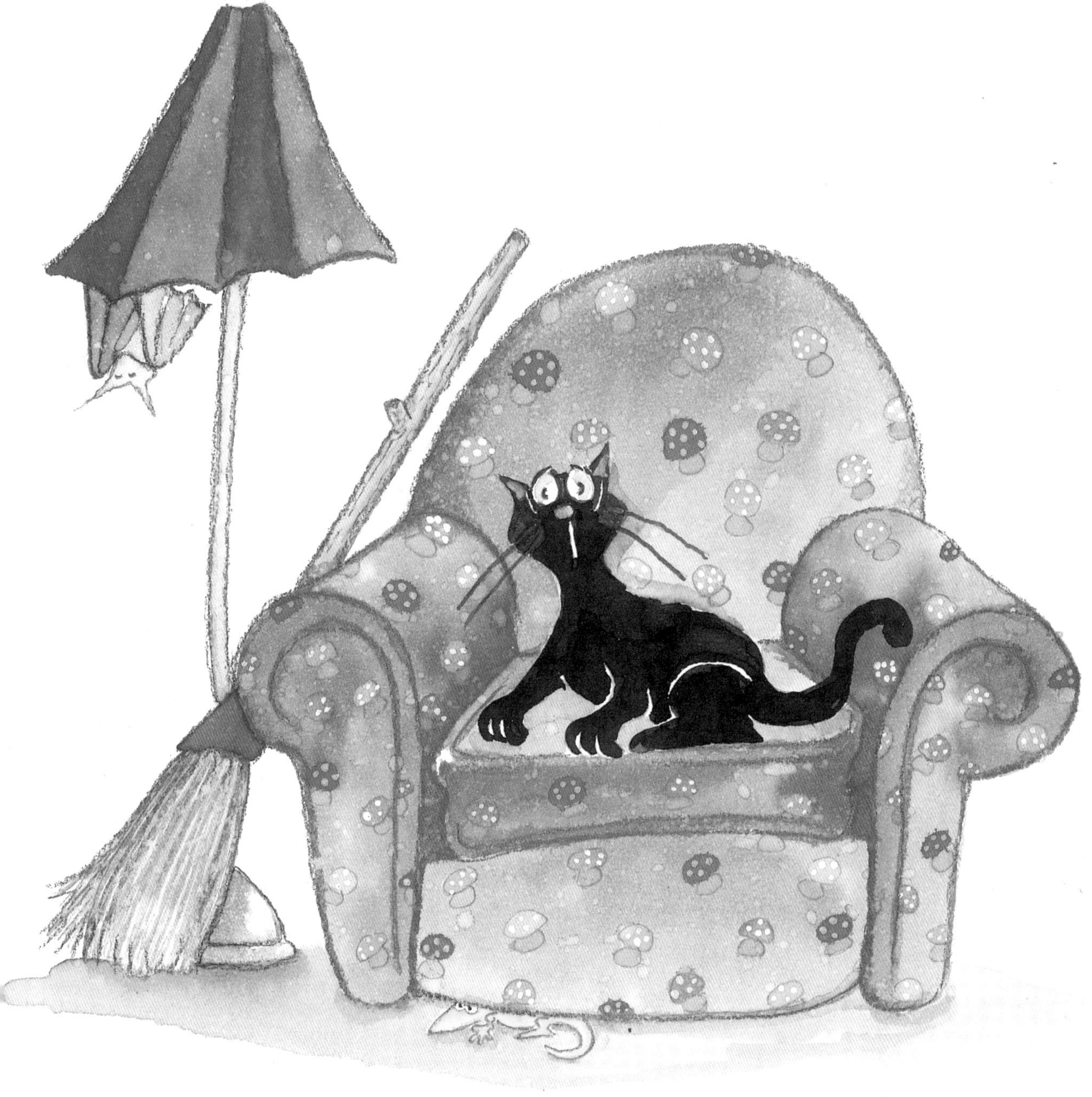

"No te preocupes, gatito,
esto tiene solución,
con magia de mil colores
y una brocha de visón."

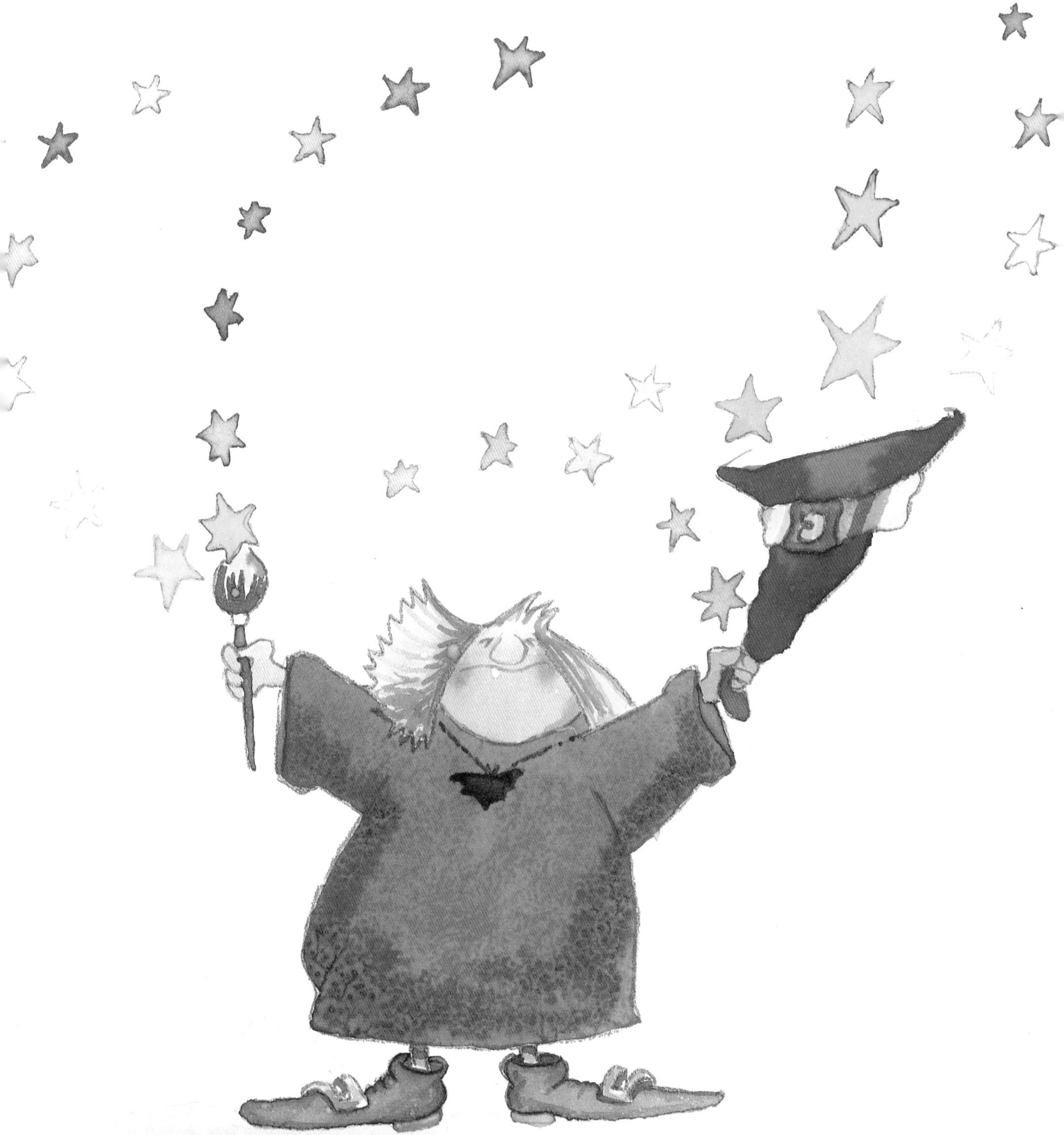

En el fondo de un armario,
en mi caja de cartón,
tengo polvos de colores
¡y **amarillo** resultón!

Luego me encuentro, encantada,
otro bonito color:
es el **azul** de mi cielo,
cuando arriba brilla el sol.

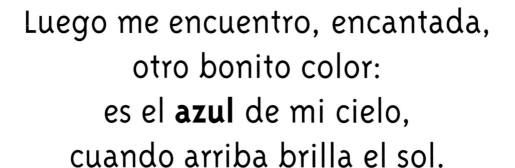

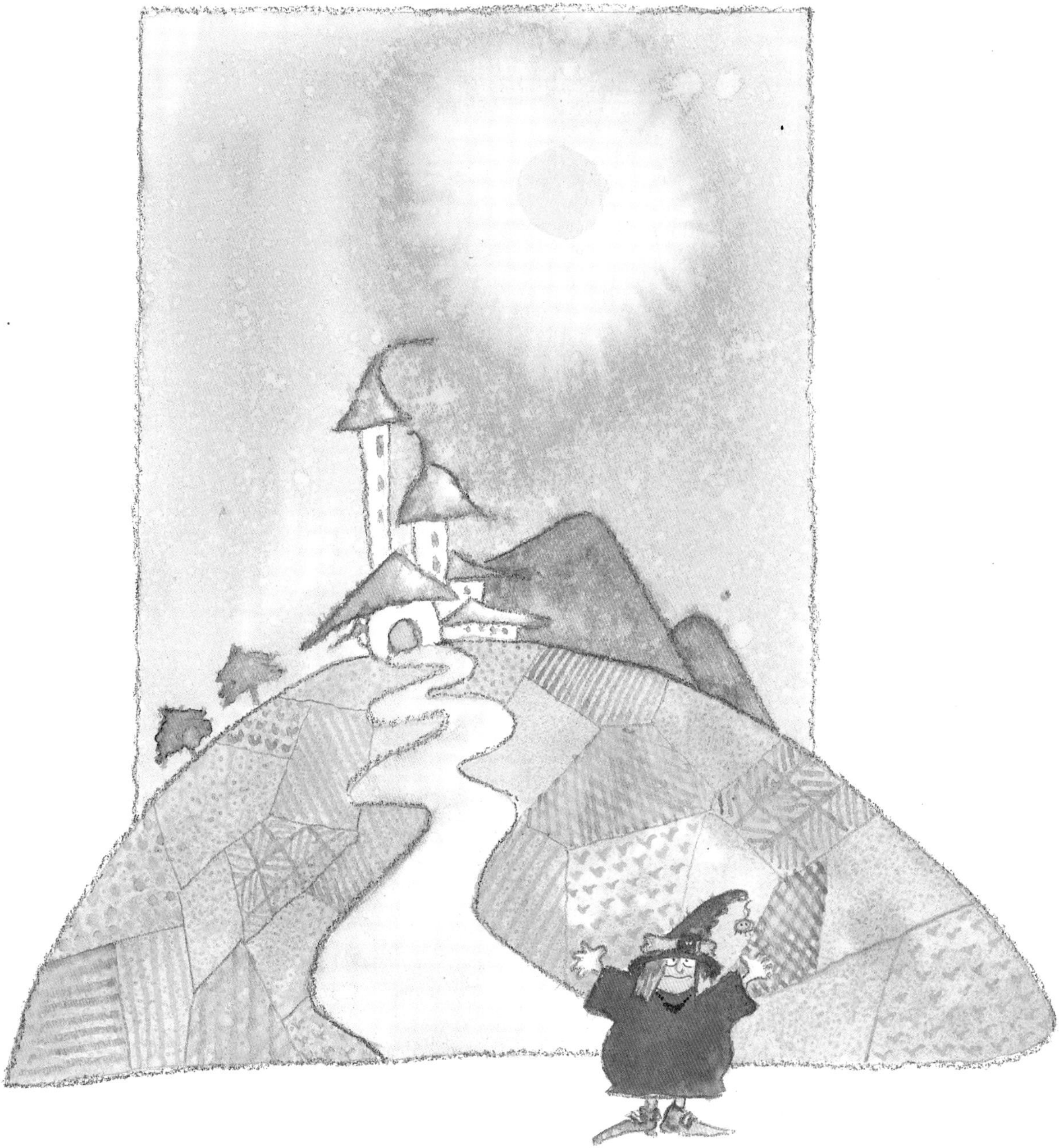

También tengo **rojo** vivo
y pinto con emoción,
pero no estoy convencida
y a mezclarlos pruebo yo.

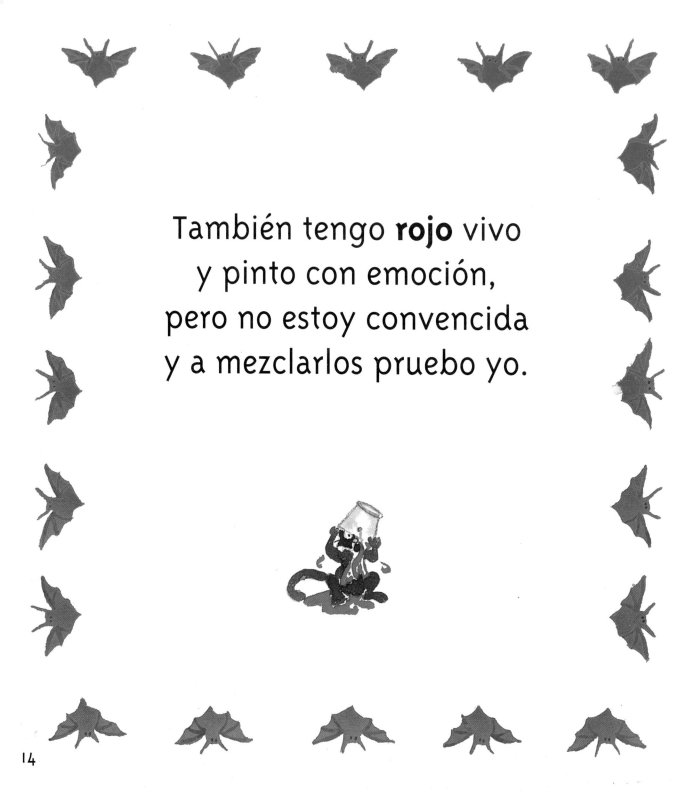

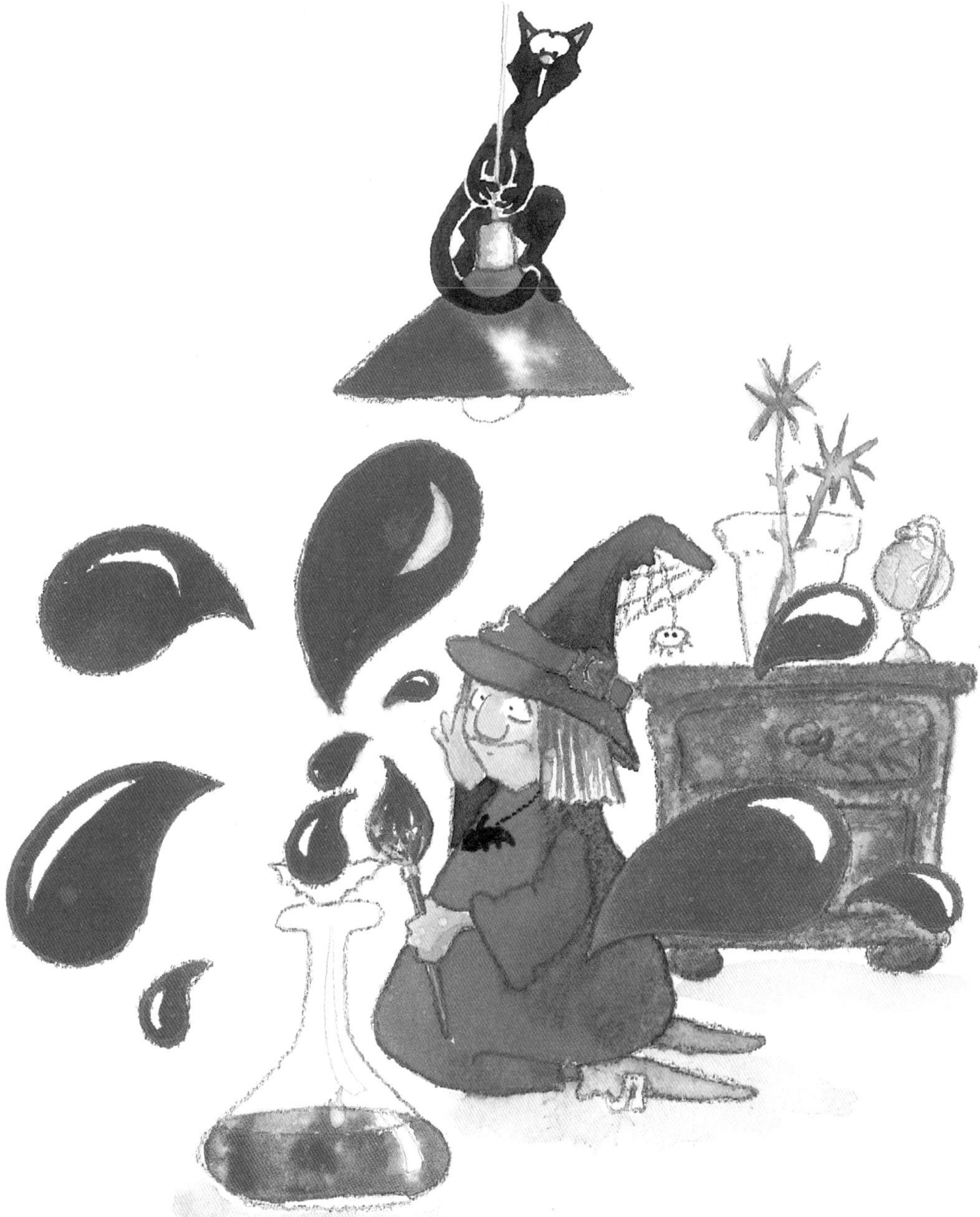

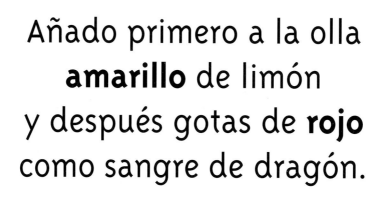

Añado primero a la olla
amarillo de limón
y después gotas de **rojo**
como sangre de dragón.

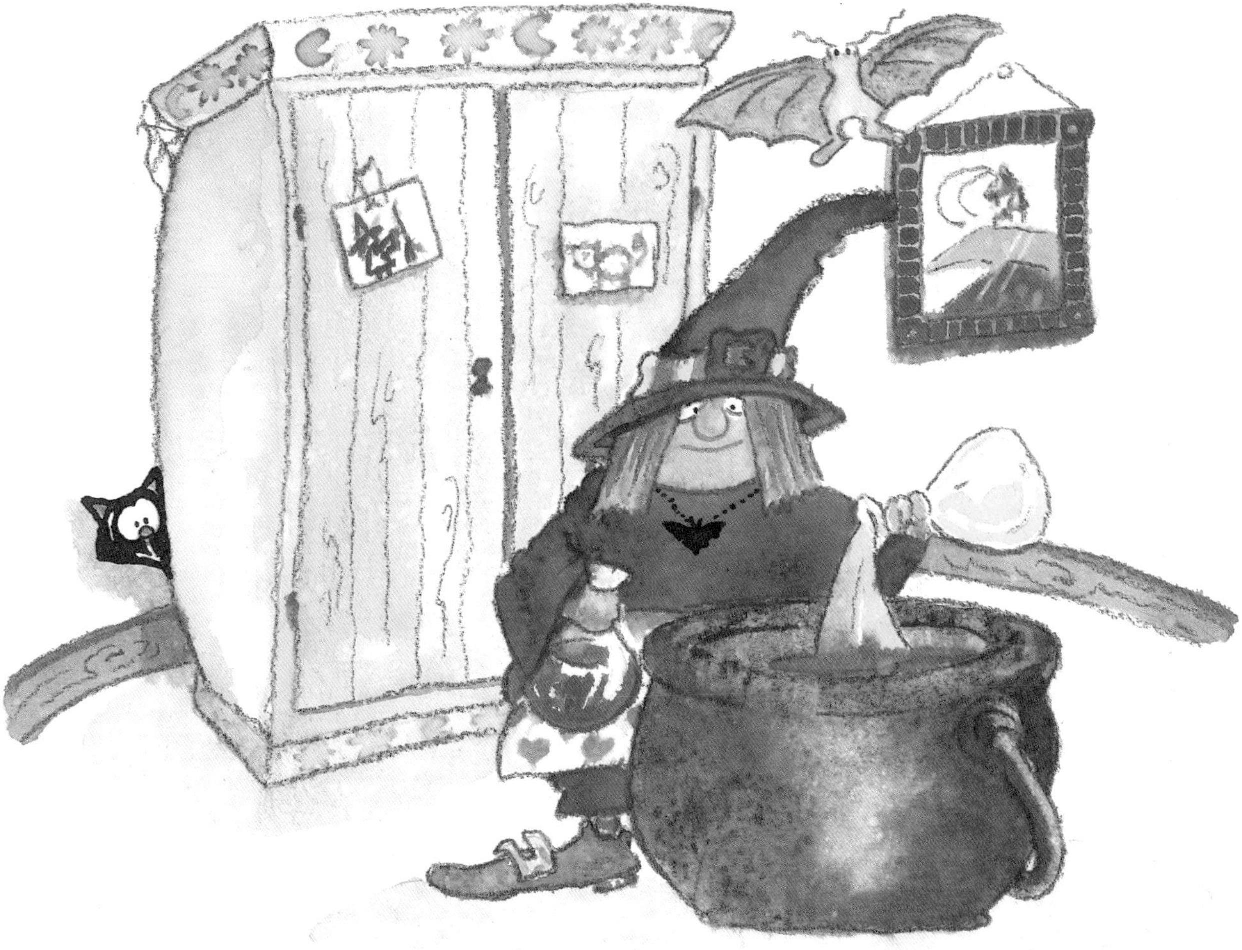

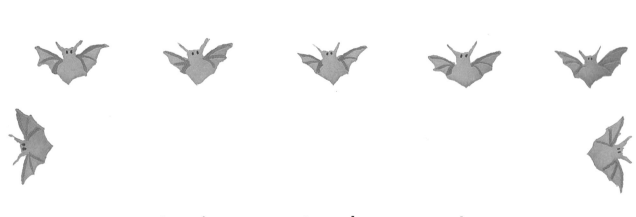

Curiosa, miro la mezcla
¡está **naranja** chillón!
Guardo un color tan bonito
en un bote con tapón.

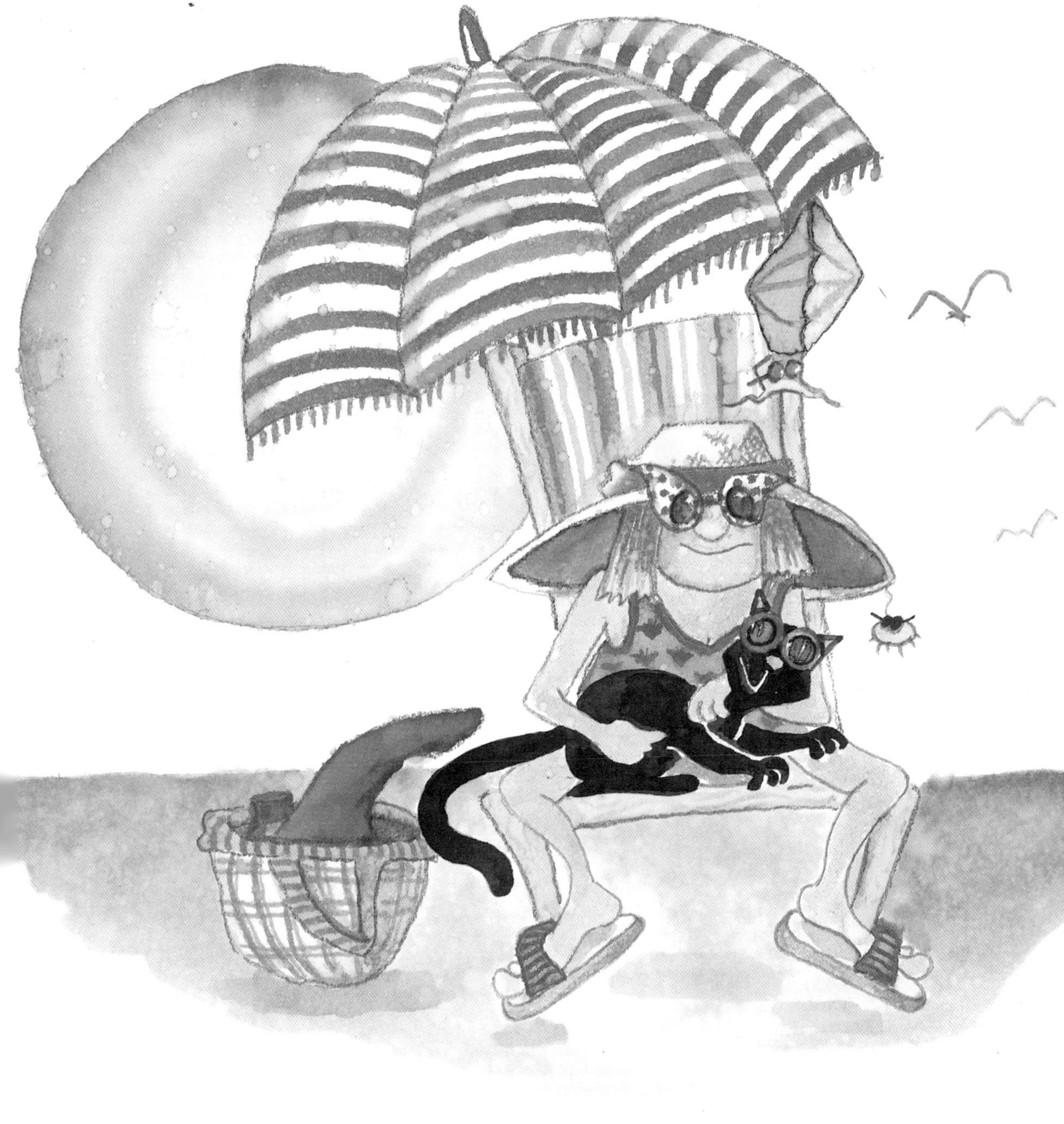

Tomo ahora otro cacharro,
el que está junto al fogón,
y aliño el **azul** del cielo
con **amarillo** limón.

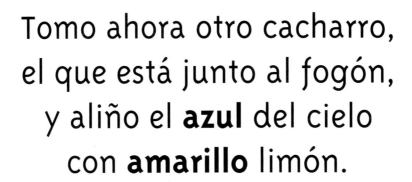

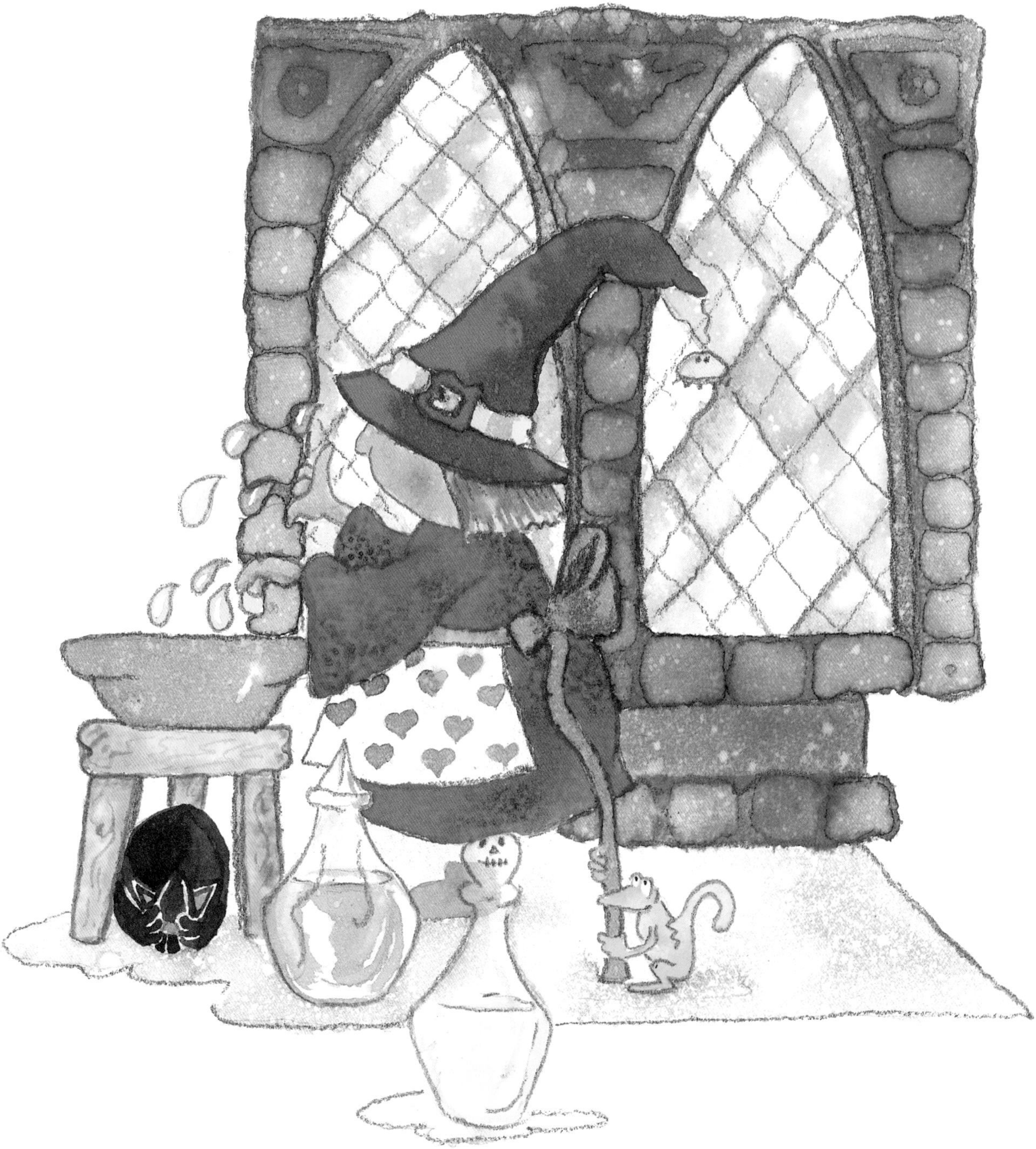

¡Podré pintar **verde** al gato
como si fuera un melón!,
porque es el color que sale
de la mezcla, ¡qué ilusión!

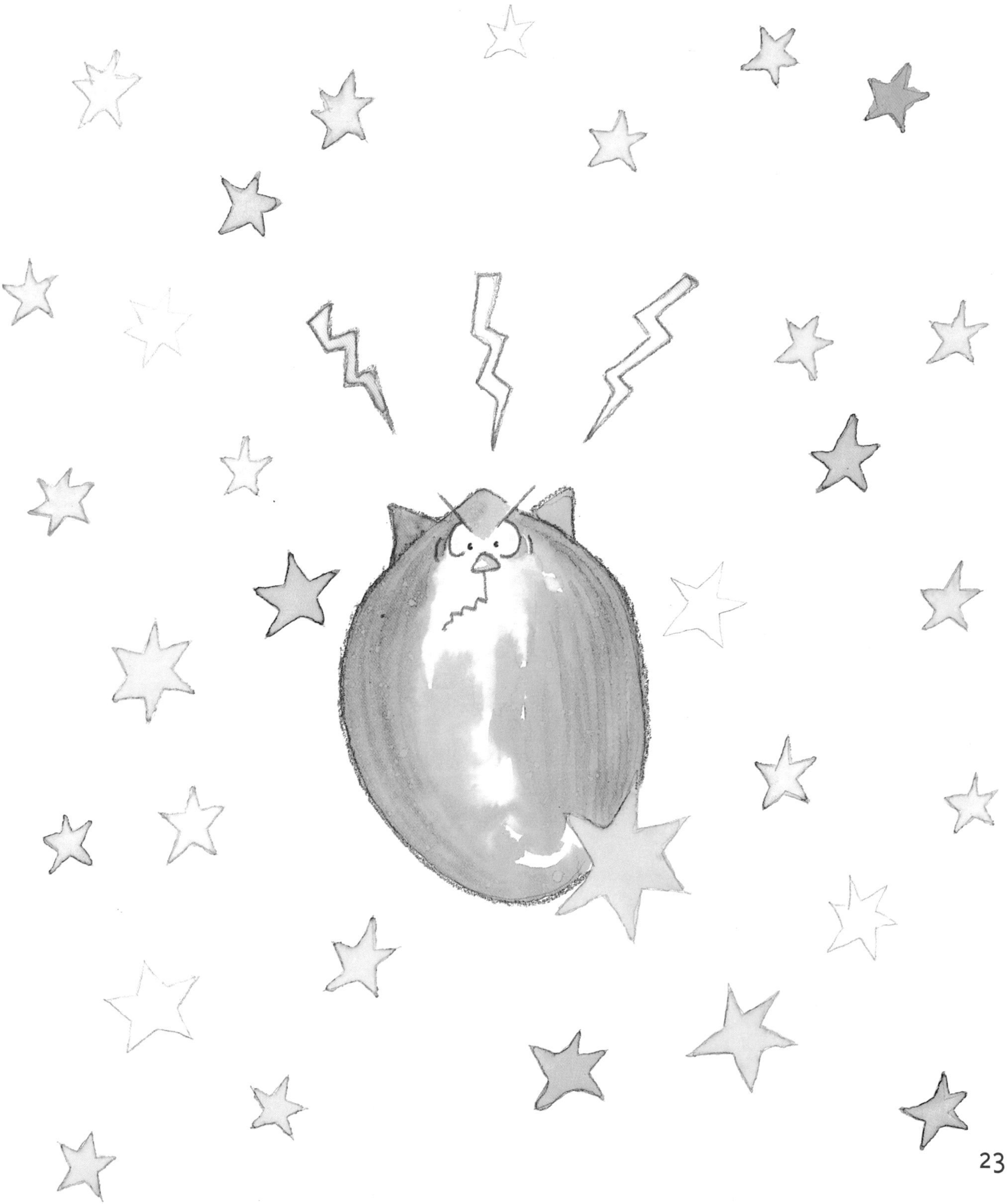

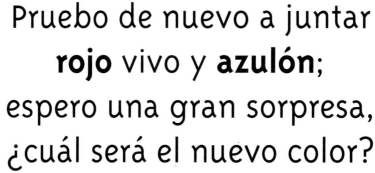

Pruebo de nuevo a juntar
rojo vivo y **azulón**;
espero una gran sorpresa,
¿cuál será el nuevo color?

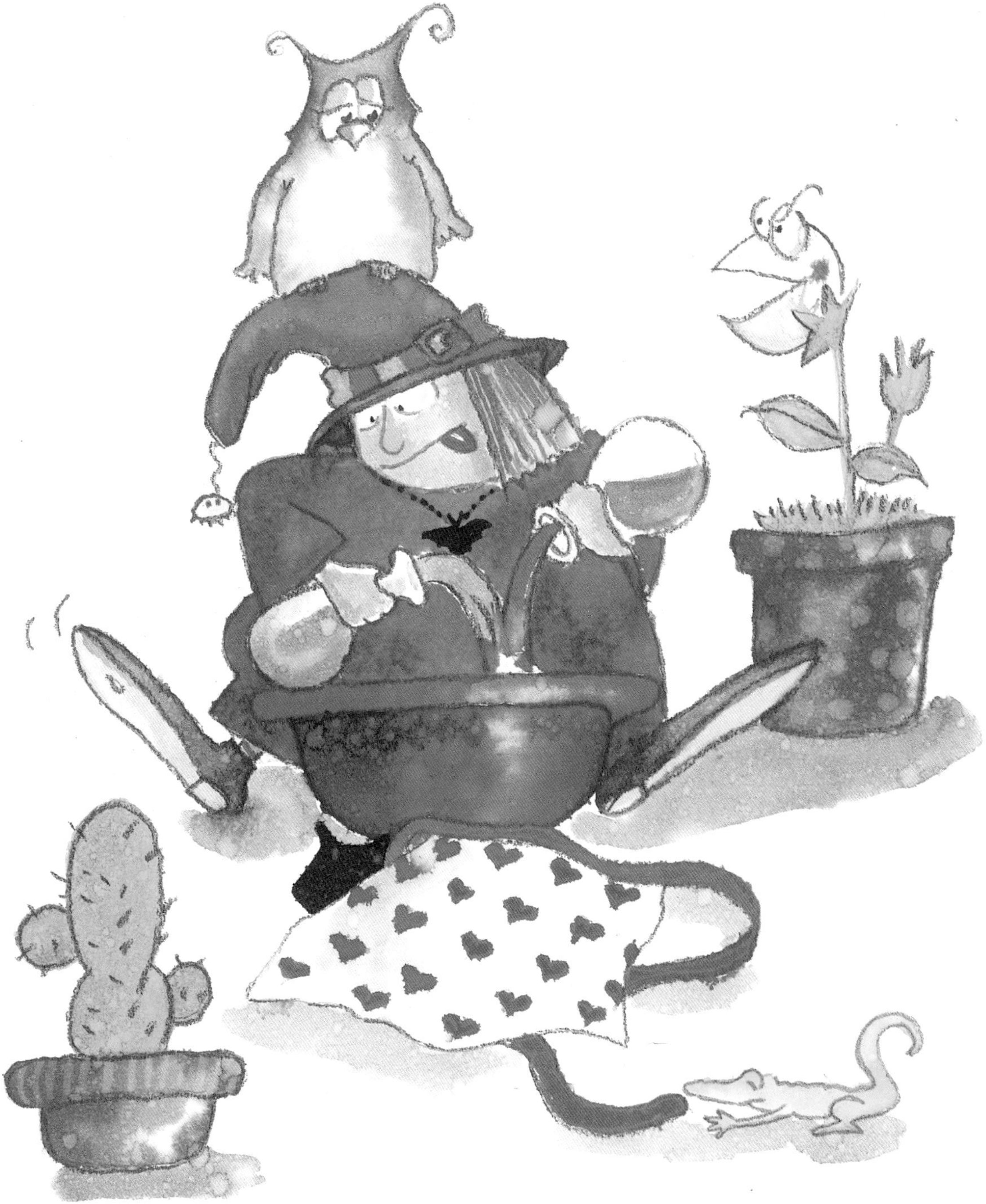

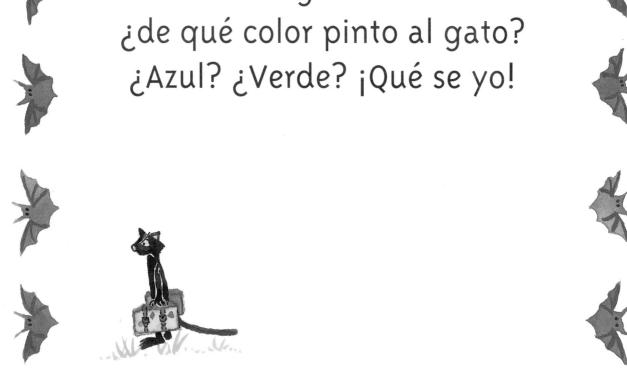

¡Es un líquido **violeta**!
Y ahora la gran decisión:
¿de qué color pinto al gato?
¿Azul? ¿Verde? ¡Qué se yo!

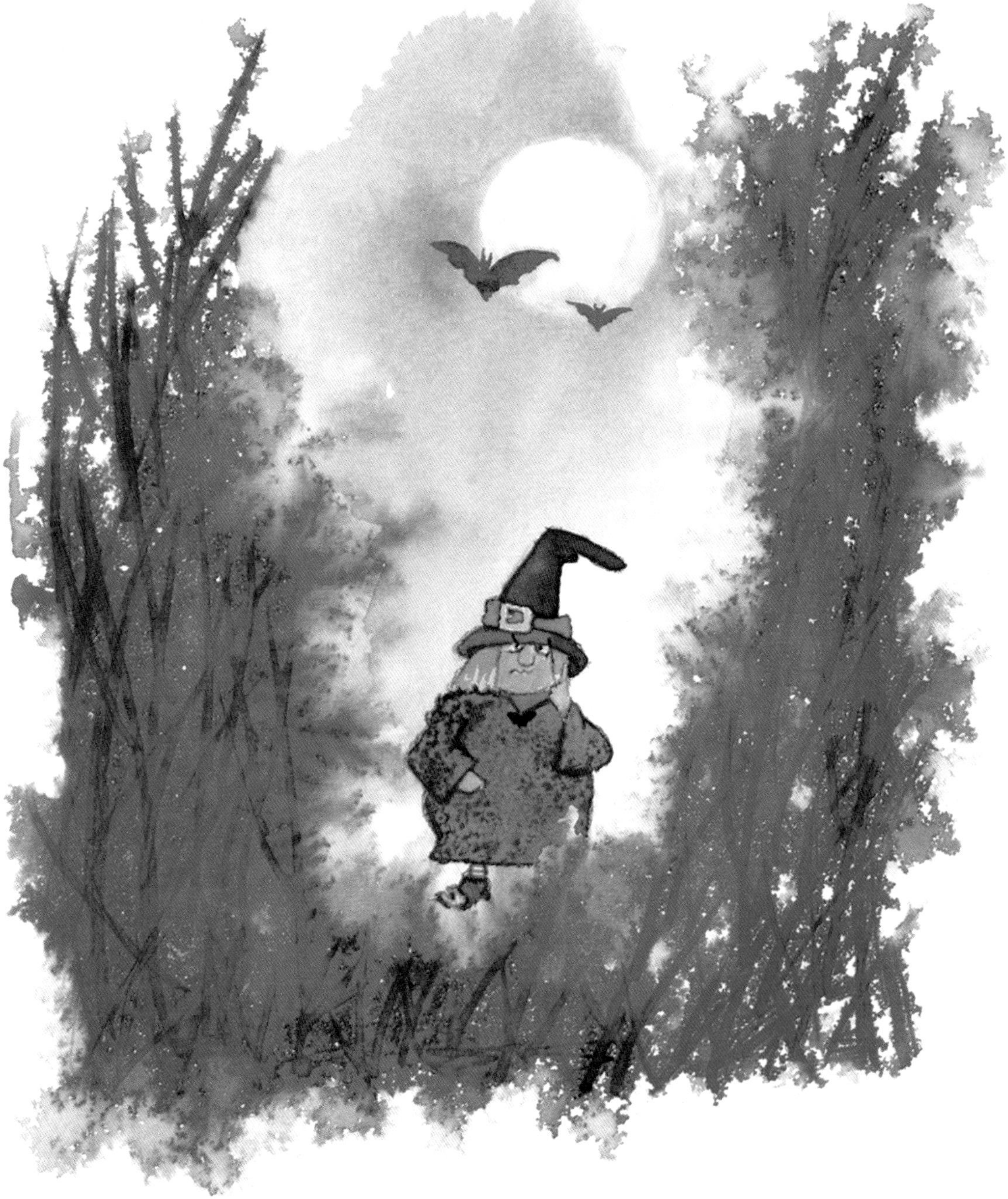

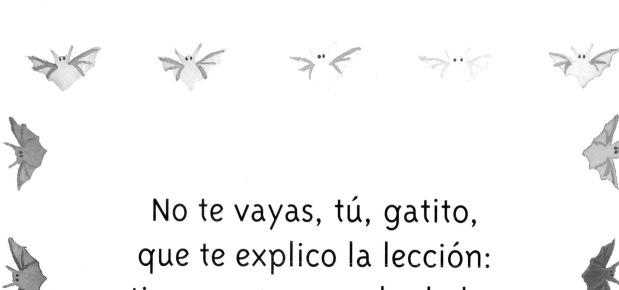

No te vayas, tú, gatito,
que te explico la lección:
tienes que encender la luz
para ver cualquier color.

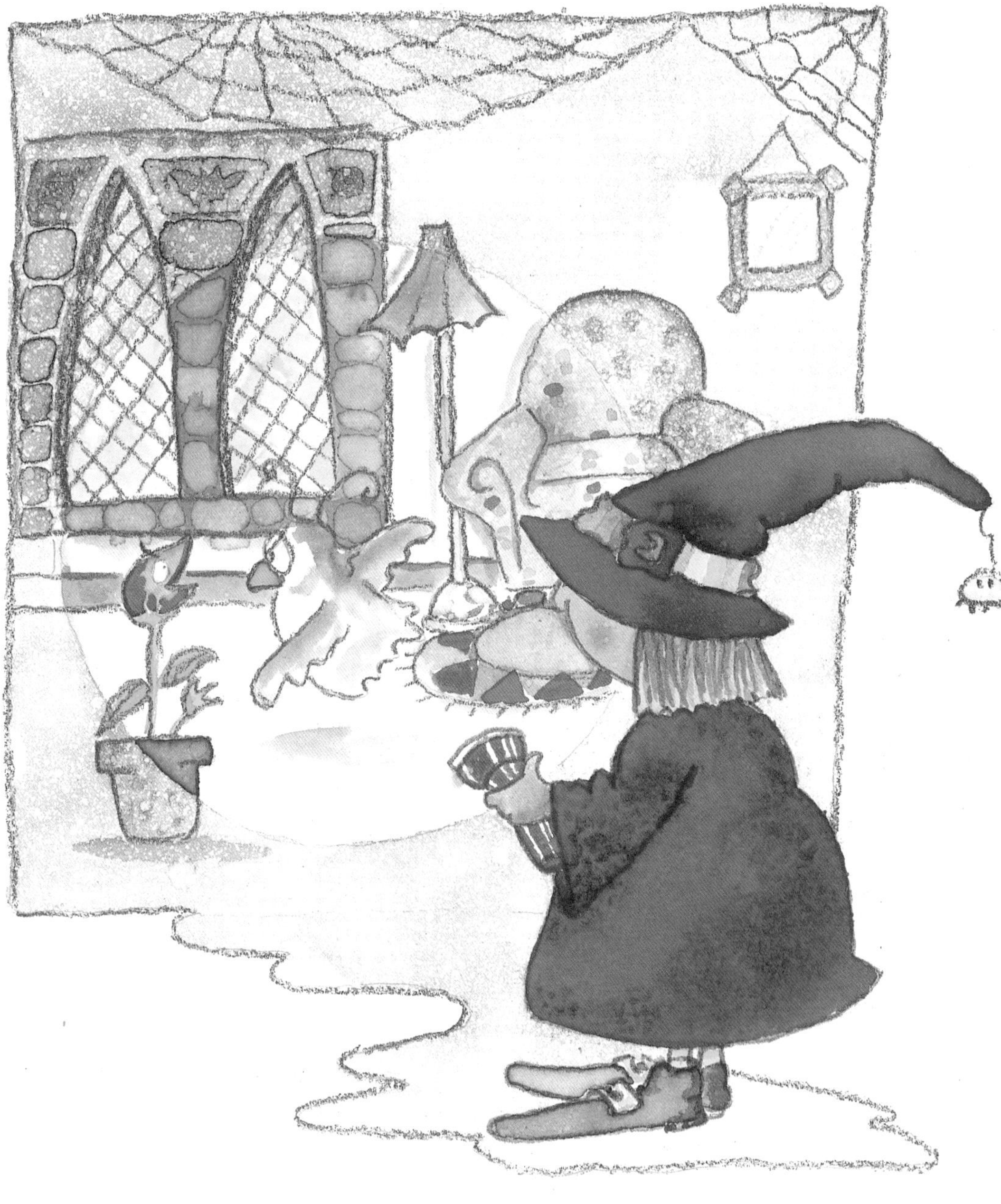

Tres son los colores básicos,
escucha con atención:
amarillo es uno de ellos,
rojo, **azul** los otros dos.

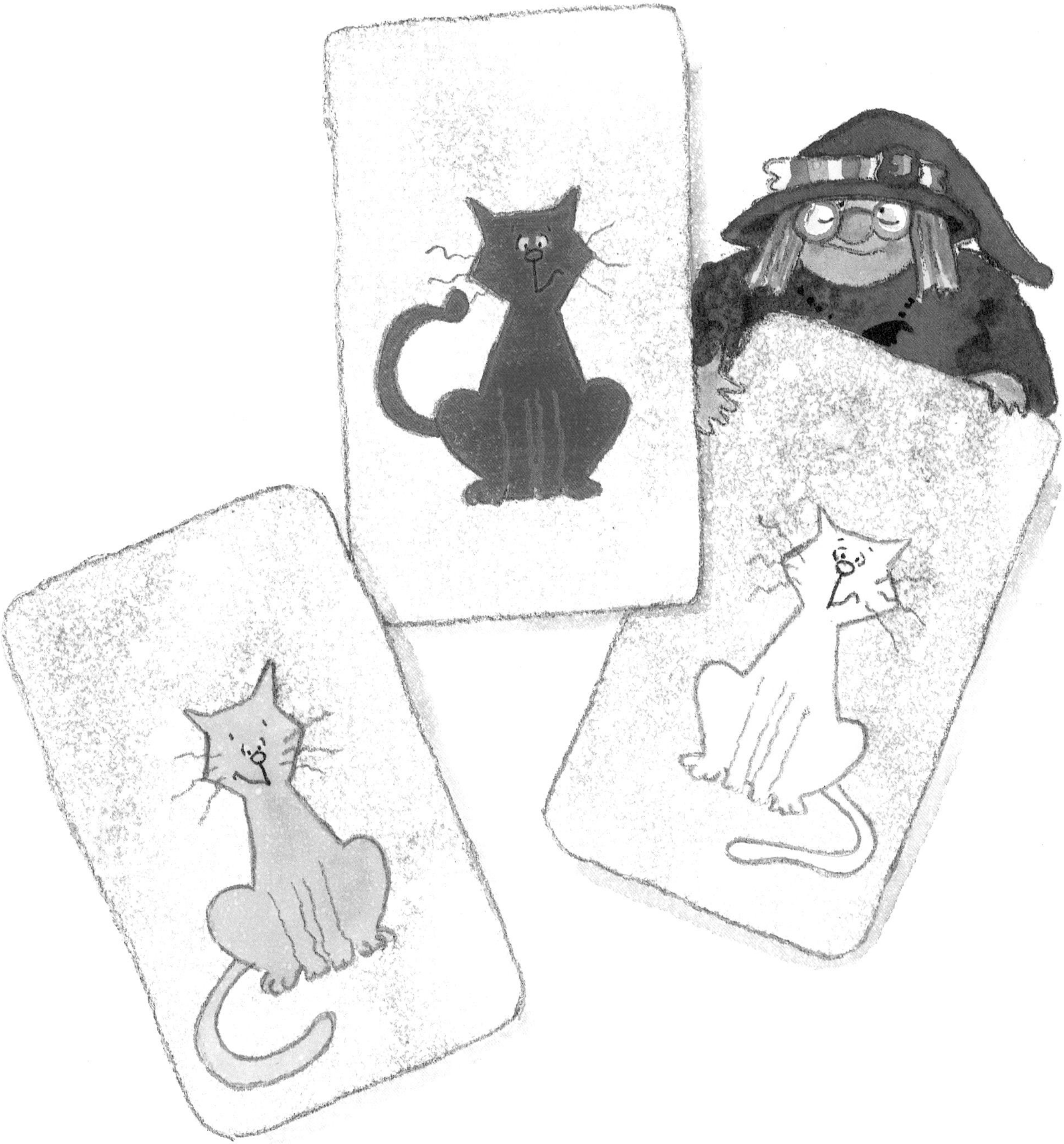

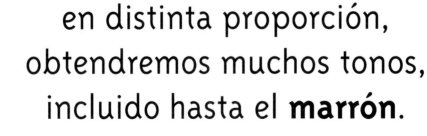

Combinando estos colores,
en distinta proporción,
obtendremos muchos tonos,
incluido hasta el **marrón**.

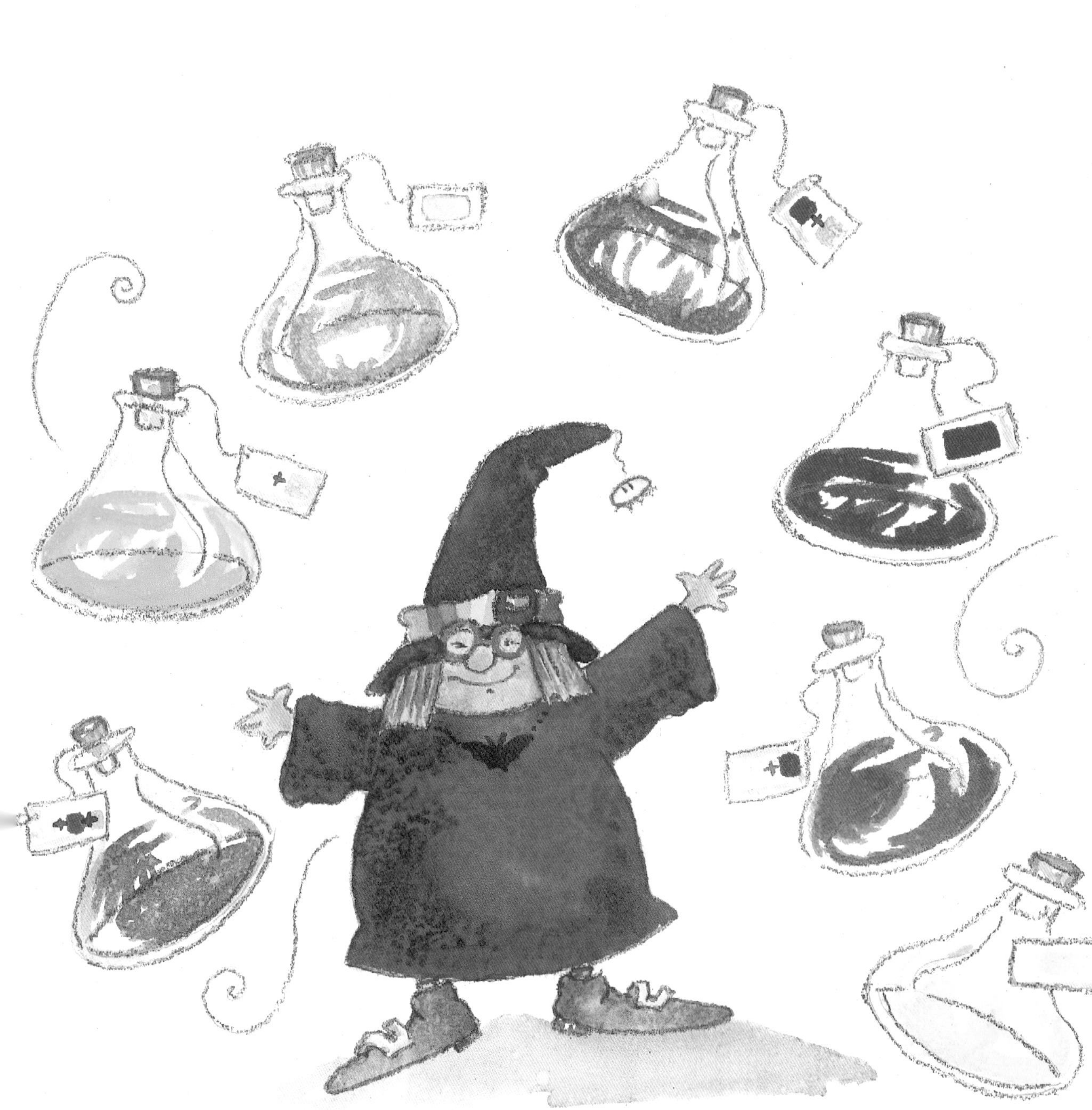

Miro mimosa a mi gato
y pienso que es el mejor,
me gusta mucho su aspecto,
lo abrazo de corazón.

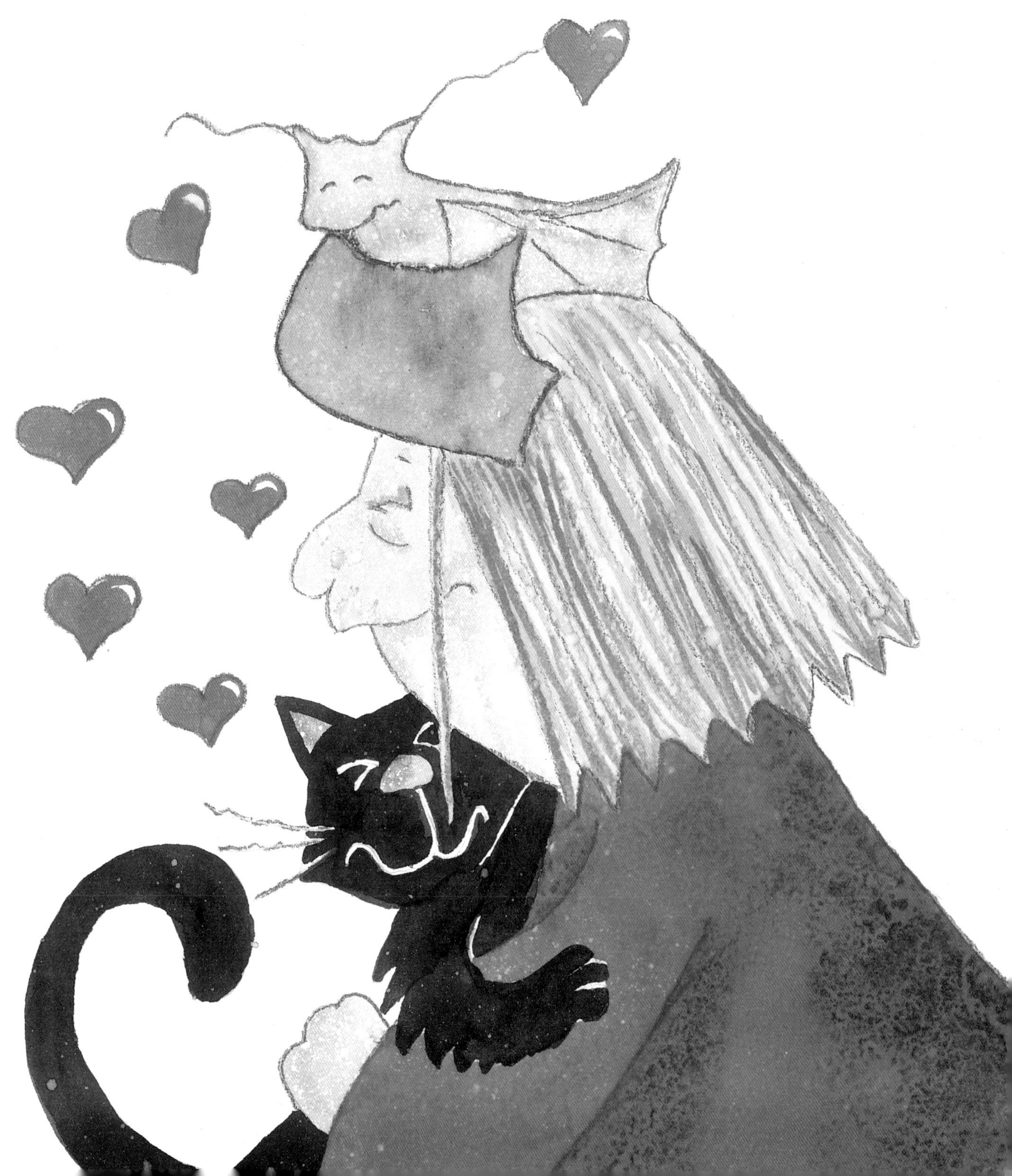

Dirección editorial: Raquel López Varela
Coordinación editorial: Ana María García Alonso
Maquetación: Cristina A. Rejas Manzanera
Diseño de cubierta: Jesús Cruz

SÉPTIMA EDICIÓN

© Ester Madroñero
© EDITORIAL EVEREST, S. A.
Carretera León-La Coruña, km 5 – LEÓN
ISBN: 84-241-5972-1
Depósito legal: LE. 526-2003
Printed in Spain - Impreso en España
EDITORIAL EVERGRÁFICAS, S. L.
Carretera León-La Coruña, km 5
LEÓN (España)
www.everest.es